# 交換日記

まるぞう
Maruzo

文芸社

はじめに


おい、おい、起きろ、起きてくれよ。
死んだふりはやめてくれ。
ガンで余命6ヵ月はたしかに告げられたけど、まだ3ヵ月だ。
早いだろう。早すぎるだろう。

死んでしまうことは、覚悟しているつもりだった。
でも、どこかで"死なない、死なせてたまるか、大丈夫だろう"そう思ってた。
大好きなじいさんも、尊敬しているおふくろさんも、死んでしまったのに……。

ばかだよな。
本当にばかだ。
人は必ず1回、死ぬのにな。
でも死んでしまった。どうしよう？
悲しいとか、淋しいとか、つらいとか、そん

なんじゃない。
わからない。
わからないんだ。
どうすりゃあいい？
どうやって生きていけばいい？

そんなことを思いながら、鉛筆を握った。
そして、思い出した――大切な人を亡くしたのは、自分だけじゃない、かつてそんな出会いがあったことを。
その人も大切な人を亡くしていた。
自分は何度はげまされただろうか。

その人のため、自分のため、鉛筆は紙の上をスラスラと走ってくれたのだった。
自分は少し、笑顔になれた。
その人を笑顔にしたい。
今、そんなことを願っている。

あの世にいった
あなた
交換日記をしませんか?


へいぼんへ
まるぞうより

へいぼんへ

悲しいです。
悲しいです。
淋しいです。
淋しいです。
なぜ、死んでしまったの？
1秒でもいいから、会いたい。
この世に帰ってきて下さい。

まるぞうより

まるぞうへ

泣かないで。
泣かないで。
見えているよ。
ごめん。
1秒も、帰れないんだ。
ごめん。

へいぼんより

どうして？
どうして？
死んでしまったの？
1秒でいいんだよ。
なんで⁉
だめなの？

帰れるものなら、
こっちだって帰りたいよ。

でも、だめなんだ。
ほんとうに、ごめん。

帰りたいなら、
帰ってきてよ。
泣いて、
頼んでるんだよ。
見えているんでしょ！
どんなに泣いてるか
見えてるんでしょ！

ごめん。ごめん。
しょうがないよ。
今、とにかく、並んでるんだ。

なんなのよ！
わけのわからないこと言って！
わかるように、説明してよ！

わかんないよ。
はじめて来たんだから。
とにかく、並んでるんだ。
うるさいなー。

うるさいとは、なによ！
こっちはいろいろ、
忙しいやら悲しいやら、
もう、めちゃくちゃな感情で、
生きているんだか、
死んでいるんだか、
もう、わかんないぐらい
大変なんだよ！

ごめん。ごめん。

わかってる。わかってる。

見てたよ。

よくやってた。

ごめん。

そんなつもりで言ったんじゃないよ。

わかったよ。
言いすぎた。
ごめん。
ところで、
並んでいたのは、
なんだったの？

そうそう。
チケットを買うために
並んでいたんだ。

なんのチケット？
相変わらず
へんてこなこと言うね！

へんてこと言われても、
こっちもわかんない。
しかたないじゃないか！
だって、はじめて来たんだから。

そりゃそうだ。
すまん。
すまん。

チケット、手に入れたよ。
やったぁ！
天国行き。
乗り物自由。

なに？
天国行き？
乗り物自由？
はぁ？
とうとう
おかしくなりましたか？

飛行機。
船。
電車。
バス。
自転車。
などなど。
お好きなもので。

そうか、わかった。
いくら泣いても、頼んでも、
1秒も帰らないつもりだね。
さっさと乗り物決めて
いっちゃいな！

そんな言い方しないで。
ひどいじゃないか！
こっちだって、帰れるものなら、
帰りたいんだよ。

ごめん。
ごめん。
言いすぎました。
乗り物、
なにした？

うーん。
船酔いするから、飛行機にするよ。
自転車も好きだけど、
体力がないんだ。
とにかく、
病気で疲れちゃったからな。

そうだね。
お疲れ様ね。
飛行機でゆっくり
寝ていくといいと思うよ。

そうだね。
ただ、墜落しないか
すこし心配なんだ。
大丈夫かな？
なんか、こわいな。

はぁ？
今さら
なに言ってんの！
墜落するとか、しないとか。
あなたは、
死んでしまったんだよ。

あっ！
そうだったっけ？
忘れてた。

とにかく、
気をつけていってね！
悲しいけれど、
もう、しかたないね。

ごめん。
いかなきゃ。

あやまらないで！
しょうがない。
誰も悪くない。
そうでしょ！

飛行機にのったよ。
席は自由だ。
とにかく座ろうっと。
あー疲れたよ。

ゆっくり、寝ながら
いってね。
墜落しないように、
祈ってるよ。

ありがとね。
とにかく休もう。
あー疲れた。
あー疲れた。

お疲れのところ、

悪いけど、

なにが見えるの？

窓ぎわに座れたの？

えーと。
窓はない。
満席。
満席。

満席？
そんなに
天国にいく人がいるわけ？
みんな、いい人なの？

うーん。
いい人かは、わからない。
だって、みんな初対面だから。
赤ちゃん。
子ども。
いろんな年齢の人がいるよ。
あー、かわいい犬もいる。
まるぞうが好きな猫もいるよ。

ふーん。
そうなんだ。
ところで、
気になってるんだけど、
みんな、どんな姿なの？

ふつうだよ。
白い着物のお年寄りや、
ウェディングドレス姿の女性もいる。
サッカーのユニホーム姿の子もいる。
みんな、似合ってる。
笑ってる。

そうなんだ。

わかったよ！
きっと、
最後のお別れの時の姿なんだね。

当たり。
毛糸の帽子、かぶせてくれて
ありがとう。
これがないと、
あたまがスースーしちゃって、
かぜ、ひくところだったよ。

気にいってくれて、ありがとう。
でも、もうかぜひくとか
関係ないでしょう？

そりゃあ、そうだ。

とにかく、気をつけてね。
かぜをひかないように。
かぜは、万病の元だからね。

「ただ今より、
機内食、お配りします」
アナウンスしているよ。

おー。
機内食があるんだね。
すごいね！
なに？
なにもらった？
おいしいそう？

「〜ちゃん、どうぞ」
「〜くん、どうぞ」
「〜さん、どうぞ」
「〜さん、どうぞ」
「先日、ご家族様よりご注文を
うけたまわりました。
ゆっくり、お召しあがり下さい」

なに？
なに？
みんな違うってことだね。
楽しみ。
早く、
早く、
みんな、なにがもらえてるの？
おしえて！　おしえて！

きた。きた。
あんぱん、ワイン、日本酒、
チーズ、まめ、コーヒー、
チョコレート。
いろいろあるな。
うれしいな。
となりのおじさんは、酒、たばこ。
「私は、酒で肝臓やられまして」
「ぼくは、わーい、おかしいーっぱい」
「おう、かあちゃんのカレーだ。
オレ、バイクで帰る途中、死んじゃったからな。夕めしだったのかな？
すげーうまいんだ」

そっか。
私が用意したものだね。
みんなの家族が
用意したものなんだね。

「だいふく、おいしい！」
「うちの嫁が用意してくれた」
「私のお気に入りのケーキ！」
みんな、楽しそう。
これが、最後の晩餐？
それにしても、
あんぱん、ワイン、日本酒、
チーズ、まめ、コーヒー、
チョコレート。
こんなに、食べられないよ。
おなか、こわしちゃうよ。
困ったな。

まだ、そんな心配してんの？

「みなさま、
本日は、ご搭乗まことに
ありがとうございました。
まもなく、
天国へ到着いたします。
シートベルトを必ずおしめ下さい」

おー。
安全第一か。
すばらしいね。

シートベルトもしめたし、
おなかも大丈夫だったし、
よかった。よかった。

よかったね。
おなか、
心配してたよ。

「みなさま、
無事、天国に到着しました。
あわてず、ゆっくりおおり下さい」

無事、着いてよかったね。
どんなところなの？

あったかいなぁ。
ぽっかぽかだよ。
気持ちいいなぁ。

ふーん。
寒くもなく、
暑くもなく、
いいかんじ？

いいかんじ。
ぽっかぽかだよ。
うれしいな。

よかったね！
寒いの、苦手だもんね。

あれー。
毛糸の帽子がない。
なぜか水泳帽かぶってる。
それも、上半身はだかだ。
たすけてー。

| えー！ |
| なに、やってんの？ |
| なんで、はだかなの？ |

おー！
水着と帽子。
なんか、楽しいな。

プールが好きだったから？
寒くないならいいね。
みんなは、どんなかんじ？

野球のユニホーム。
学生服。空手着。
ドレス。はんてん。
ステテコ。エプロン。
ジャージ。登山服。
背広。いろいろだよ。
みーんな、似合ってる。
楽しそう。

なるほど！
楽しい時の姿なんだね。
いいね！
ところで、そこはどうなってんの？

うーん。
今までと変わらない。

うーん。
店とか、あるの？
どういうとこ？

まだ、よくわからないよ。
着いたばかりだよ。
せっかちな人だね。

ごめん。ごめん。
ゆっくり、いそいで、
おしえてね。

また、そういうことを言う。
うーん。
やっぱり、変わんない。
おんなじだよ。
あっ！　ない。ない。
病院、警察、消防署、薬局、
銀行、葬儀社……。
ない。ない。

そっか。
もう、人を悲しませたり、
苦しめたりするものがないんだね。
よかったね。

そうみたいだ。
おぅ！
酒屋はあるぞ！
コンビニも！

あっ！　ごめん。
お金もたせてないよ！
忘れてたぁ！
ごめーん。
必要？
どうすりゃあいい？

大丈夫。
お金は関係ないみたい。
ほしいなら、「どうぞ」
と渡してくれる。

ほぅー。
それは　よかった！
あっ！　ついでに私の分も
もらっておいてくれる？

まあ！　そんなこと言って。
だめですよ。
好きなものを食べられる。
酒もある。
あったかいし、どこも痛くない。
疲れもない。
うれしいな。

そうなんだ。
よかった。
よかった。
でも、
飲みすぎには、
注意してよね！

楽しいな。
あったかいな。
おいしいな。
そういえば、
最近、泣く時間がへってきたね。
すこし、笑顔だね。
うれしいな。

自分じゃわかんなかったよ。
笑えてたんだね。
もう、
笑うことなんかないって
思ってた。
笑っちゃいけないって
思ってたんだ。

そんなことないよ。
時々、笑ってたよ。
やっぱり、
笑顔っていいね。
笑顔、似合ってるよ。
だって、
泣くとブサイクだよ。

そんなこと、言わないで！
好きで泣いているんじゃない。
好きでブサイクになったんじゃ
ないんだから。

そうだね。ごめん。
言いすぎた。
でも、みんなで話しているよ。
こっちは、こんなに
楽しいのになぁ。

そんなこと、言われたって
わかんないよ。
悲しくて、悲しくて、
淋しくて、淋しくて、
泣いてるのが、
見えてるんでしょ？

ごめん。ごめん。
みんなで話しているよ。
おたくの家族も、
うちの家族も、私の飼い主も
泣いてる、泣いてる、って。
こんないいところに
来てるのになぁー。
おしえてあげたいのになぁー。

そうだよ！
みんな、みんな、
泣いているよ！
だって、
大切な人が、
あの世にいっちゃったんだよ！
いなくなっちゃったんだよ！

あの世かぁ。
それは、天国なんだよ。
いなくなっちゃったんじゃない。
ここにいるよ。
こっちから、見てるだけだよ。

そんなこと言われても、
わかりませーん。
わかんないよ！
見えない。
聞こえない。
でも、どうして
今こうやって、
あなたのことがわかるの？

それは、
「あの世にいったあなた、
交換日記をしませんか?」
と言ってくれたからなんだよ。

へぇー。
そうなの？
でも、
やっぱり
会いたいよ。
1秒でもいいから。

まだ、会えない。
ごめん。
まだ、会えないよ。
ごめん。
いつか会えるよ。
見ているよ。
あなたが天国に来てくれたら……。

そっか。
ありがとう！
でも、
やっぱり、会いたいよ。

ごめん。
会えない。
まだ、会えない。
いつかは会えるよ。
天国でまっているよ。
ゆっくりまっているよ。
ずーっと見てるよ。
応援しているよ。
だから、もう泣かないで。

そう言われても、
やっぱり
涙がでてしまうよ。

そうか。ごめん。
あと、とっても言いにくいんだけど、
あんぱん、ワイン、日本酒、チーズ、
まめ、コーヒー、チョコレート、
大好物なんだけど、
そんなにいらないよ。
なんでもあるんだから。
おなか、こわしちゃうよ。

あれー。
多すぎましたか。

そうだよ。
こんなにいらないよ。
あっ！
ほしいものはあるよ。
みんな、言っているよ。

| なに？ |
| なに？ |
| すぐに、買いにいってきますよ。 |

売ってるもんじゃないよ。
笑顔だよ。
涙は見たくないよ。
でも、
しかたないんだね。
ごめん。

あやまらないで、
誰も悪くないよ。
いつか、
天国で会えるんだね。

そうだよ。
天国に来てくれたら
会えるよ。

そうか。
わかったよ。
わかりました。

ちゃんと生きてね。
応援しているよ。
そして、会おうね。
みんな、そう言ってるよ。

天国にいくからね。
天国にいけるように、
ちゃんと生きるね。

まってるよ。
ゆっくり、来てね。
みんなで、まってるよ。

わかったよ。
天国にいくね。
でも、本当に
天国にいけるのだろうか？
どうやったらいけるの？

あれー？
なんで！ なんで！
返事くれないの？
どうやったら
いけるの？
聞いてなかったよ。
おしえてー！
お願いしまーす。

困った。
どうすりゃあいい?
そうだ! 手紙だ!
手紙を書こう。

へいぼんへ

お元気ですか?
少しご無沙汰しています。
最近、返事がないので心配しています。
具合でも悪いのですか?
そうそう、どうやったら天国にいけるのか聞いていませんよ。
ちょっと天国にいく自信がありません。
あー、ちょっとどころじゃない。
あれー。この手紙、どうやったら届くの?
ポストにいれていい?

あれー。
またまた、困りました。
そうだ、私、間違ってたね、
手紙を書く相手。
へいぼん、あなたじゃないね。
そういうことだったんだね。
わかったよ。ありがとう！
私を心配してくれている人たちに、
手紙を書くよ。
そうでしょ。そういうことだよね。
やっとわかったよ。ありがとうね。
天国でまっていてね。
ちゃんと生きて、ゆっくり生きて、
必ずいくよ。
くれぐれもお体大切にね！
またね！

　　　　　　　　　まるぞうより

まるぞうへ

先日は、手紙ありがとう。
返事おそくなってごめん。
ちょっと忙しかったんだ。
こっちもいろいろあるんだよ。
まるぞう、本にしてくれようとしたんだね。
文芸社のみなさん、本にしてくれて、
まるぞうを助けてくれて、
本当にありがとうございます。
みんな、みんな、これで安心。
喜んでいます。ありがとうございました。
今日は宴会だ！　飲むぞ！
そんなわけで、まるぞう、またね！
天国には来られそうかな？

へいぼんより

おわりに


ほんの少しでも笑顔になれただろうか。
自分をはげましてくれたその人が。
感謝している。ありがとう。
違う、そんな言葉だけじゃないんだ。
言葉が見つからない。
ちゃんと生きよう。
いつか言葉を見つけるために。
いつか誰かをはげますことのできる自分になりたい。
そうしたら、天国にいけるかもしれないな。
ゆっくりいくね。まっててね。
みんな、まっててね。

まるぞう

**著者プロフィール**

**まるぞう**

7月生まれ。O型。
お笑い、アイス、チョコレート大好き。

**交換日記**

2018年11月15日　初版第1刷発行

著　者　まるぞう
発行者　瓜谷　綱延
発行所　株式会社文芸社
　　　　〒160-0022　東京都新宿区新宿1-10-1
　　　　　　　　　電話　03-5369-3060（代表）
　　　　　　　　　　　　03-5369-2299（販売）

印刷所　株式会社エーヴィスシステムズ

© Maruzo 2018 Printed in Japan
乱丁本・落丁本はお手数ですが小社販売部宛にお送りください。
送料小社負担にてお取り替えいたします。
本書の一部、あるいは全部を無断で複写・複製・転載・放映、データ配信することは、法律で認められた場合を除き、著作権の侵害となります。
ISBN978-4-286-19972-6